NÅGOT SOM KUNDE HA BLIVIT HELT MENINGSLÖSA FACEBOOKSTATUSAR

Aab Aackerfeldt

DEL 1, SEPTEMBER 2017

Förlag: BoD – Books on Demand, Stockholm, Sverige
Tryck: BoD – Books on Demand, Norderstedt, Tyskland
ISBN: 978-91-7699-619-5

Söndag 3 september 2017

10.55

Jag sitter i min bil på en parkering i Göteborg. Närmare bestämt på Hisingen.

En man i kostym, skjorta och slips går förbi. Stiligt. Han går in i Länsförsäkringars lokaler.

11.04

Ytterligare personer, också finklädda, går in i samma lokaler som tidigare nämnde kostymnisse.

Ska de ha möte? Förhandlingar med annat bolag om nytt avtal/kontrakt? Nä, inte på en söndag va?!

Tror att jag väljer att inte lägga energi på att fundera mer på saken.

Jag går och köper en glass istället.

15.07

Hemma. Befinner mig i tvättstugan.

Varför i hela friden är människor som tvättar i tvättstugan så fruktansvärt dåliga på att städa efter sig? Jag tycker allvarligt talat synd om den som ska behöva städa efter mig.

22.36

Någon gick just i trapphuset. Jag hörde porten öppnas och sedan smälla igen. Vem var det? Vart var hen på väg? Var det någon som bor i trapphuset, eller bara någon som varit på besök? Frågor, men inga svar. Det är ändå ingen som bryr sig.

Måndag 4 september 2017

05.43

Jag har just anlänt till jobbet. Arbetar 06:00-14:45 idag. Liksom alla andra vardagar.

Är i god tid, så jag startar arbetsdagen med toalettbesök och en gigantiskt stor kopp kaffe. Kaffe är en gåva från ovan.

8.53

Kafferast. Passar på att fylla på min vattenflaska. Den är av svart plast, har svart lock, och företagets logotyp på sidan i stora gröna bokstäver. Snyggt.

Det blir en stor kopp kaffe också. Skulle kunna ta det intravenöst om det gick.

11.52

Lunchrast just nu.

Sitter och pratar med städerskan på jobbet. Lokalvårdare, kanske det heter. Rätt ska ju vara rätt.

Hon är trevlig. Det är jag också.

14.47

Slutat jobba för idag.

Helt slut i kroppen. Dags att åka hem.

15.22

Nu hemma. Prinsessan (dottern) har kompis på besök. De kom hem från skolan för en timme sedan.

Frågade vad de sökt i skafferiet. Misstänkte att det var godis. När de försökte se oskyldiga ut och svarade "vi har inte letat något i skafferiet" så var de plötsligt genomskådade. Det stod nämligen en stol utanför, precis vad som behövs när man inte når riktigt ända upp. De skrattade när jag frågade om denna stol och förstod att jag visste.

"Vi hittade ändå inget", sade de skrattande.

Självklart inte, tänkte jag. Jag är ju inte så dum att jag gömmer det i skafferiet när jag har en mage att stoppa det i.

16.42

Middagen tillagad och uppäten.

Idag blev det potatis och köttfärsbiffar med tomat och paprika till. Och så lök såklart. Stekt lök.

16.45

Jag visste väl att det var något jag glömt!

Måste brygga kaffe också!

18.07

Mer kaffe! Vi (jag och prinsessan) är på Öppet Hus hos Hyresgästföreningen i områdets kvarterslokal. Det bjuds på bullar också.

Kanelbullar.

Jag ÄLSKAR kanelbullar.

Men jag hoppar över bullarna och tar bara en kopp kaffe eller två.

Jag vill gå ner i vikt.

Sedan i november förra året (2016) har jag gått ner 25 kilo. Från 160 till 135. Målet är att komma ner under 100-strecket innan midsommar 2018.

19.22

Nu är vi hemma igen. Har precis tagit hand om disken (startat diskmaskinen). Och så har jag plockat undan resterna från middagen. Lagt kokt potatis i en burk, och resten av köttfärsbiffarna i en annan burk. Lätt att värma imorgon eller någon annan dag.

Nu väntar vi på att kvällens sändning av "Idol" ska starta på TV4. Vi har nog inte missat ett enda avsnitt ännu. Å andra sidan har det hittills bara visats de allra första uttagningarna som är inspelat i våras, då det delades ut guldbiljetter till slutaudition.

21.33

Dags att sova.

Väckarklockan ringer 04:30 imorgon bitti.

Tisdag 5 september 2017

04.51

Klockan ringde 04:30. Som vanligt tungt att kliva upp den tiden. Är som att kliva upp för att väcka tuppen som ska väcka alla andra... Snoozade dock två gånger så egentligen klev jag upp för bara en minut sedan.

14.49

Arbetsdagen är slut och hemfärden ska påbörjas. Måste köpa mjölk på hemvägen. Det blir nog på Hemköp. Den butiken passerar jag ändå på hemvägen, då slipper jag köra omvägar.

15.37

Just kommit hem.

Dottern är hos den jämnåriga grannpojken.

Blir nog snart att börja med matlagningen. Jag börjar bli rätt hungrig.

16.05

Fick just veta att dottern äter hos grannen.

Får äta ensam och passa på att ta en dusch innan hon kommer hem.

16.51

Duschen och middagen avklarat. Skönt. Men fortfarande ensam hemma.

17.04

Nu kom prinsessan hem.

18.32

Nu duschar prinsessan.

Själv dricker jag kaffe. Är ruskigt sugen på glass, men måste tänka på vikten så jag kan komma i form till sommaren. Å andra sidan är cirkel också en form...

21.26

Dottern sover.

Själv ligger jag i TV-soffan. Ser på Martin Timell och Anders Öfvergård i "Fuskbyggarna". Intressant.

Men egentligen borde jag också lägga mig och sova nu i och med att väckarklockan ringer 04:30 även imorgon bitti.

Onsdag 6 september 2017

11.48

Lunchrast på jobbet. Kollegorna äter mat som luktar himmelskt jämfört med min sallad. Måste erkänna att jag blir lite smått avundsjuk. Nåväl. Snart dags att dra på sig arbetshandskarna igen och gå in i lagret där jag jobbar.

15.32

Har kommit hem från jobbet.

Jag stannade på affären på vägen hem för att köpa morötter och vitkål. De har detta som erbjudande denna vecka för bara 3:90 kr/kg. Cirka halva priset. Så jag passade på att köpa mycket, eftersom vi har två hungriga marsvin hemma. Eller vi...? Det är dotterns (o)djur...men mat måste de ha ändå!

16.36

Min chef ringde precis. Hon undrade om jag kan jobba övertid trekvart imorgon. Visst! Inga problem! Självklart! Måste liksom tänka framåt lite, det är snart jul.

18.44

Känner mig som vanligt trött och sliten. Dottern likaså. Jag pga fysiskt tungt arbete, hon pga förkylning och ont i halsen. Just nu är vi nerbäddade i TV-soffan och ser på Youtube.

18.57

Nu startade dottern en film. Onsdagsmys.

20.41

Ser på "Idol". Tur att jag inte är med. Jag kan nämligen inte sjunga. Inte alls, faktiskt.

Sovdags om en stund. Väckarklockan ställs som vanligt på 04:30 till imorgon bitti så jag hinner äta frukost innan jag åker mot jobbet 05:15.

Torsdag 7 september 2017

21.40

Den här dagen har varit som vilken torsdag som helst. Egentligen. Det har inte hänt ett dyft utöver det vanliga.

Vaknat, klivit upp, tvättat mig, ätit frukost, borstat tänderna, åkt till jobbet, jobbat, åkt hem, lagat mat, diskat, slappat i TV-soffan och myst med dottern, borstat tänderna. Och nu återstår bara att ställa väckarklockan inför morgondagen och sedan sova.

Det mest spännande som hänt idag är väl egentligen att jag var in på affären och köpte snus på vägen hem från jobbet och att det satt en helt ny tiggare utanför butiksentrén. Inte den gamla vanliga som normalt brukar sitta där, utan en som jag aldrig sett förut.

Trots att Moderaterna i dagarna pratat om att föreslå ett nytt nationellt tiggeriförbud.

God natt, sov gott.

Fredag 8 september 2017

5.54

Dags för veckans sista arbetsdag, tänkte jag när jag vaknade i morse. Sedan kom jag på att jag lovat arbeta ett övertidspass imorgon, lördag.

Bara att kicka igång veckans NÄST sista arbetspass nu då.

15.07

Slutade jobba 14.45 som vanligt.

Nu är jag och hämtar ut lite arbetskläder. En långärmad tröja och ett par nya arbetsbyxor var beställda. Byxorna är tydligen försenade i leveransen, men tröjan får jag i alla fall med mig hem redan nu.

Sedan blir det att åka hem och fixa middag. Idag blir det potatis och köttbullar. Hemgjorda köttbullar, så klart. Vad annars?

21.23

Det är dags att sova. Arbete även imorgon, men det blir lite sovmorgon när det är lördag.

I vanliga fall, på vardagar, börjar jag arbeta 06:00 och då kliver jag upp 04:30.

Vid övertidspassen på lördagar börjar jag inte förrän 07:00, så då kan jag ligga och dra mig ända till klockan 05:30. Skönt!

15

Lördag 9 september 2017

09.03

Första kafferasten för idag på jobbet.

Slutar 15:45 idag.

Sedan blir det raka vägen ut till kusten, där farsan och hans fru bor.

Dottern åkte ut till dem redan igår. Vi brukar vara dit rätt ofta på helgerna. Det är så skönt att slippa stadens buller när msn är ledig.

17.58

Har jobbat klart för idag och varit hem och bytt om och tvättat av mig lite arbetsdamm, så nu är jag på väg ut till kusten.

Ikväll blir det att sova tidigt, är rätt trött efter denna 48-timmarsvecka på jobbet.

Det är förvisso inte jobbet som gör mig trött, utan snarare de tidiga morgnarna.

Söndag 10 september 2017

11.20

Eftet en god natts sömn och en ordentlig frukost är vi nu på väg ut i skogen för att plocka svamp.

Jag gillar att plocka svamp; främst kantareller, eftersom det egentligen är den enda sort jag känner mig helt säker på.

13.27

Jösses vilket bra svampställe jag hittade. Jag plockade ihop tre liter kantareller på tio minuter.

Det blev även en liter björnbär som jag ska koka sylt på. Just sylt av björnbär tycker jag är ruskigt god att ha i havregrynsgröten till frukost.

15.29

Nu kom regnet och även åska. Jag gillar åska, jag tycker att det är rätt mysigt.

Tur att svampplockningen blev av tidigare idag, och att jag även hann med att klippa min fars gräsmatta.

Om en timme åker vi nog hemåt igen.

16.47

Nu är det dags att åka hemåt.

Har precis rensat mina tre liter med kantareller. Det är inte direkt världens roligaste sysselsättning. Men nu är det i alla fall avklarat. Skönt.

19.03

Jag hörde precis på nyheterna att Hans "Hasse" Alfredsson avlidit i en ålder av 86 år. Tråkigt. Tänker på de anhöriga. Vem minns inte denne enormt roliga och duktiga man? Särskilt från allt han gjort tillsammans med Tage Danielsson som lämnade oss alldeles för tidigt, för många år sedan (57 år gammal, 1985).

21.08

Jag har ägnat kvällen åt att förvälla kantareller och koka björnbärssylt. Riktigt trevligt söndagsnöje.

Om en stund ska jag förbereda mig för natten (lägga fram arbetskläderna, ställa en lunchlåda från frysen i kylskåpet, borsta tänderna m.m.) och lägga mig för att sova. Väckarklockan är redan ställd på 04:30 till imorgon bitti.

Dottern sover redan sedan en stund tillbaka. Grannen väcker henne imorgon bitti så hon hinner äta frukost innan skolan. Eftersom jag börjar arbeta 06:00 så hinner jag åka hemifrån en bra stund innan det är dags för henne att vakna, men det är inga problem. Inte alls, faktiskt. Hon är så pass stor att hon klarar det, och skulle det vara något särskilt så har hon en telefon så att hon kan ringa eller skicka meddelande.

23.58

Har oerhört svårt att somna ikväll. Vet inte vad det beror på, vet bara att jag fortfarande tydligen är vaken, och det är bara fyra och en halv timme kvar tills väckarklockan ringer.

Bara att bita ihop. Det blir förmodligen, otvivelaktigt, en rätt tuff dag på jobbet imorgon för min del. Det kan jag säkerligen förvänta mig.

Måndag 11 september 2017

04.32

Nyvaken. Dags för en arbetsdag. Men först ska jag fixa mig lite havregrynsgröt och äta frukost, och jag ska nog ta av björnbärssylten jag kokade igår till min gröt, jag kan nog inte låta bli att smaka på den.

Dagens datum, elfte september, för alltid förknippat med terrorattacken 2001, då ett antal flygplan kapades och flögs rakt in i diverse byggnader i USA, bland annat i World Trade Centers tvillingtorn i New York.

17.25

Kom hem från jobbet vid 15:30-tiden. Det blev att ställa sig vid spisen direkt för att fixa dagens middag. Idag blev det potatis och köttbullar.

Nu har vi ätit och så har jag diskat och därefter förhört dottern på hennes hemläxa i engelska (-glosor).

Nu blir det att koppla av en stund. Kanske starta kaffebryggaren och dricka lite kaffe. Det vore gott.

20.47

Det blev aldrig att brygga kaffe hemma.

Dottern ville åka till en kompis, så jag skjutsade dit henne och sedan åkte jag till en av mina egna vänner, där jag så klart blev bjuden på en kopp kaffe. Det fungerade precis lika bra!

Vi kom hem strax efter 20:00 och ser nu på "Idol" på TV4 innan det är dags att sova om en kort liten stund.

Tisdag 12 september 2017

04.45

Jag råkade sova tio minuter för länge idag. Så nu är det stressigt, måste ju hinna äta frukost innan jag åker till jobbet.

05.56

Hann fram till jobbet precis i tid. Dags att stämpla in.

15.45

Jag var snabb hem från jobbet idag. Så pass snabb att jag redan värmt maten, trots att det är bara en timme sedan jag slutade.

Om en stund, när vi ätit, ska vi till stallet, på Skansens Gård utanför Uddevalla, där dotterns ridskola ligger.

Det blir säkert kul för henne i och med att hon missade förra tisdagen pga förkylning och ont i halsen (hon var även hemma från skolan både tisdag, onsdag och torsdag förra veckan pga detta).

19.43

Äntligen hemma från stallet.

Nu blir det för oss bägge två att duscha av oss dofterna av häst, innan vi gör något annat.

21.24

Sovdags! Äntligen!

Onsdag 13 september 2017

09.03

Kafferast på jobbet. Kaffe är nog guds gåva till den morgontrötte...

14.49

På väg hem från jobbet.

Eftermiddagen blir lugn. Ikväll, däremot, så har jag tvättstugan bokad. Behöver tvätta lite arbetskläder. Jag kommer nog inte vara klar med detta innan 22:00 ikväll, så ikväll blir det sent, ALLDELES för sent med tanke på att jag ska kliva upp klockan 04:30 imorgon. Sex timmar sömn är alldeles för lite för mig.

21.52

Är klar med tvätten. Så nu blir det att krypa ner under täcket för att sova. Har jag tur så somnar jag innan 22:30 så det blir åtminstone sex timmar sömn, även om det är på tok för lite.

Torsdag 14 september 2017

04.35

Jag är redan vaken. Och känner mig konstigt nog ovanligt pigg. Jag kanske börjar vänja kroppen och knoppen vid att vakna denna tid varje morgon.

Nu ska jag fixa lite frukost. Havregrynsgröt med mjölk och lite sylt samt en smörgås med ost och ett stekt ägg som jag fixade redan igår kväll medan jag väntade på att kläderna skulle torka i torktumlaren nere i tvättstugan igår kväll.

14.51

På väg hem.

Kommer nog hem vid 15:30. Det blir att ställa mig vid spisen direkt och fixa middag. Idag blir det spaghetti och köttfärssås.

Bra att äta i god tid. Sedan ska dottern och träna gymnastik mellan 18:00 och 20:00 så det är bra att hon äter i god tid innan, så hon inte får håll.

19.11

Dottern är på träning. Passar på att göra lite ärenden under tiden. Till exempel att hämta lite äpplen hos en god vän som inte orkar plocka själv ut sina äppelträd. Han skrev på Facebook tidigare att "Äpplen bortskänkes, kom och hämta, självplock". Då får jag allt ta och passa på.

20.29

Nu är vi hemma.

Dottern är i duschen. Sedan kvällsmat efter träningen. På TV4 visas "Bytt är bytt". Kaffebryggaren puttrar och är snart klar.

En vanlig septemberkväll i vårt hem.

22.06

Är för trött för att vara vaken längre än så här - och ska ju upp igen om bara sex och en halv timme - så det är väl bara att ställa väckarklockan, borsta tänderna och krypa ner under täcket för att sova som återstår av den här dagen.

Vet ni förresten vad de gör på flaggstångsfabriken så här dags på kvällen? -Stänger!

God natt.

Fredag 15 september 2017

04.44

Jag vaknade i bra tid även idag.

Nu blir det frukost och sedan veckans sista dag på jobbet. Äntligen fredag, som man brukar säga.

09.02

Kafferast. Känner att det behövs. Är trött och sliten idag.

12.56

Lunchrasten är snart slut. Bara en timme och trekvart kvar att jobba idag, en dag som faktiskt inte alls blev veckans sista dag. Fick förfrågan om att jobba ett övertidspass imorgon, lördag, och kände mig för snål för att tacka nej.

14.49

Slut för idag.

Raka spåret hem för att hämta dottern som planerat saker med två av sina kompisar idag. Fredagsmys.

17.40

Fredagsmiddag. Kycklingvingar.

20.17

Dags för en varm dusch. Känner att det behövs och nu har jag äntligen en stund över.

21.04

Blev en lång, varm och skön dusch. Nu känner jag mig riktigt ren och ska strax göra mig klar för natten och sova.

Övertidspass på jobbet imorgon. Men har lite sovmorgon, behöver liksom förra lördagen då jag också jobbade övertidspass inte kliva upp förrän omkring 05:30 till skillnad mot vardagarna då jag kliver upp 04:30. Börjar alltså en timme senare på lördagar.

God natt.

Lördag 16 september 2017

05.55

Snart klar med frukosten. Kvart över sex åker jag mot jobbet.

Vägde mig imorse. Har minskat 29 kg sedan november 2016. På tio månadet. Från 160 kg till 132 kg. Känner mig rätt glad över detta. Målet är att komma under 100 innan midsommar 2018. Borde lyckas med det, men får fortsätta kämpa. Hårt.

17.28

Äntligen hemma efter dagens arbete. Nu är det dags för middag och kaffe. Är både trött och hungrig.

Sedan blir det en lugn kväll här hemma.

19.11

Dottern är inte hemma, så då passar jag på att slarva lite med maten. Idag blev det stekt falukorv med stekta ägg och två skivor limpa.

Nu är det dags att slå sig ner i TV-soffan med en kopp kaffe och en skål salta jordnötter.

Lördagskvällsmys i all ensamhet. Men det är skönt att vara ensam också. Ibland. Bara det inte blir för ofta. Egentligen avskyr jag att vara ensam.

20.21

Jag ser "Klassfesten" på TV4. Ikväll är det Pernilla Wahlgren och Peter Magnusson som medverkar. Rätt så roligt program. Kvällskaffe till det. Och salta jordnötter. Precis som jag skrev tidigare.

22.14

Nu ska jag nog börja göra mig i ordning för natten och lägga mig under täcket för att sova. Jag börjar bli riktigt trött efter denna sexdagarsvecka på jobbet, då jag klivit upp strax efter klockan 04:30 måndag till fredag och strax efter 05:30 imorse.

Imorgon, min enda lediga dag denna vecka, väntar städning på mig här hemma, bland annat städning av buren för dotterns marsvin samt dammsuga och skura alla golv. Mest troligt ska jag städa toaletten/badrummet också.

Så nu är det dags att säga god natt innan jag somnar med mobilen i näven. Ställer inget alarm för väckning, blir att vakna när det är dags. Sovmorgon, med andra ord.

Söndag 17 september 2017

09.14

Det blev en rejäl sovmorgon, jag vaknade inte förrän klockan slagit nio. Skönt att känna sig riktigt utvilad när man vaknar, för en gångs skull.

Idag väntar städning. Och om jag får tid över ska jag försöka skriva lite på min nästa roman som är en fortsättning på min första ("4119 dygn"), som gavs ut i början på 2017.

11.32

Jag har nu ätit frukost, druckit kaffe och påbörjat städningen av marsvinens bur. Jag har dock en paus just nu, jag kände att jag behövde mer kaffe.

12.14

Pausen är slut, liksom kaffet, bara att fortsätta med städningen så jag blir klar någon gång. Klar blir man i och för sig aldrig, det finns alltid något att putsa och städa...

13.44

Marsvinens bur är äntligen städad och skräpet/soporna är förda till sophuset ute på gården.

För en stund sedan hörde en gammal kollega av sig via Messenger, och undrade ifall jag ville följa med och plocka svamp (kantareller).

Visst, svarade jag, jag kan när som helst, men nu har det gått tjugo minuter och han har inte hört av sig mer. Så jag fortsätter väl med städningen en stund till.

17.48

Direkt efter det förra inlägget ringde ex-kollegan upp mig och vi åkte strax därefter till skogen med hans två barn och letade svamp. Vi var ute drygt två timmar men hittade inte så mycket, och eftersom jag redan har svamp hemma så lät jag dem få även det lilla jag plockade.

Nu är jag hemma igen och har ätit middag (idag blev det blodpudding med lingonsylt), och nu ska jag fortsätta städningen där jag slutade innan jag åkte till skogen.

19.49

Nu har jag även dammsugit och skurat golven, samt städat toalettstol och handfat i badrummet. Och torkat rent alla ytor i köket (bord och bänkar).

Jag ska nu ta mig en kopp kaffe och en näve salta jordnötter innan jag sjunker ner i TV-soffan en stund.

Ny dag och ny arbetsvecka väntar imorgon så det blir förhoppningsvis så att jag kanske lägger mig i tid för en gångs skull nu när jag är ensam hemma.

Dottern är ledig från skolan imorgon pga studiedag, så hon är ute på kusten hos farfar och extrafarmor fram till imorgon kväll.

20.09

Nu ser jag "Parlamentet" på TV4. Bland annat är två av mina favoritkomiker med ikväll - Robert Gustafsson och André Wickström. Trevligt.

21.17

Det blir inte att sova så tidigt som jag hade planerat att jag skulle göra. Filmen "Johan Falk - slutet" började på TV4 klockan 21:00 och den måste jag ju se.

21.54

Nä. Nu ger jag upp för ikväll. Orkar inte se färdigt hela filmen. Bättre att jag lägger mig och sover.

God natt.

Måndag 18 september 2017

04.34

Vaken. Och det är måndag morgon. Efter en enda dags ledighet är det åter dags för en ny arbetsvecka, fem dagar med arbetstidetna 06:00-14:45. Förutom idag då jag ska jobba över till 15:30. Det blir en hel del övertid nu i september, siktar på att det ska bli så i oktober också. Det är ju snart jul och då är varje extrakrona bra att ha, då man ofta köper både julklappar och dyrare mat, eller åtminstone MER mat, kring jul.

08.51

Kafferast på jobbet. Känner mig extremt trött idag. Tur att det finns kaffe. Det behöver jag massor av idag!

11.41

Lunchrast. Gott. Skönt att vila en stund och ta en eller två koppar kaffe samt fylla på vattenflaskan. Det går åt rätt mycket vatten när man har ett fysiskt tungt arbete.

15.33

Blev som sagt övertid på jobbet idag. Slutade för tre minuter sedan, klockan 15.30.

På vägen hem blir det en sväng förbi affären för att köpa mjölk. Den tog nämligen slut när jag åt havregrynsgröt till frukost imorse.

16.49

Nu är middagen avklarad. Det blev spaghetti och köttfärssås, rester från förra veckans måltider.

18.02

Dags för kaffe i kvarterslokalen där lokala Hyresgästföreningen i kvarteret där jag bor har "Öppet hus" varje måndag från 18:00 till 19:30.

19.54

Nu kom dottern hem från farfar och extrafarmor, så nu ska vi sec"Idol" på TV4 innan vi lägger oss för att sova.

21.35

Dags att sova. Är astrött. Som vanligt vid den här tiden på kvällarna.

Tisdag 19 september 2017

04.10

Vaknade av mig själv, av att jag låg på något hårt. Telefonen! Hade tydligen tagit den från nattduksbordet till sängen i sömnen. Tjugo minuter kvar innan den ringer, då hinner jag somna om en liten stund. En jätteliten stund.

04.52

Frukost.

Havregrynsgröt med blandning av blåbärssylt och äppelmos samt en skvätt mjölk. Tar en bit knäckebröd med leverpastej till detta.

05.35

Redan framme på jobbet. Tio minuter tidigare än vanligt. Skönt.

05.57

Ombytt och klar. Vattenflaskan fylld. Dags att stämpla in och börja arbeta.

08.48

Kafferast. Inser att automatkaffe är kasst för magen så jag ska nog undvika det ett tag. Det blir dock en hel del vattendrickande medan jag arbetar.

11.32

Lunchrast. Fyller på vattenflaskan och tar mig en kopp av automatkaffet. Det är värt risken, kaffe behövs på minst en av rasterna.

14.49

Nu har jag stämplat ut från jobbet för idag och kan åka hem, skönt.

15.32

Dags att fixa middag. Idag får det bli något som går snabbt eftersom dottern ska på ridskola om en stund. Har potatis i kylskåpet som jag kokade redan igår, behöver bara värma i mikrovågsugnen, och så steker jag upp några skivor falukorv till det.

16.49

Middagen blev bra och vi blev mätta och belåtna, bägge två.

Nu ska vi byta om och åka mot stallet som ligger i grannkommunen för denna veckas ridlektion för dottern.

17.27

Framme i stallet. Nu ska det ryktas och kratsas hovar, sedan ska sadel och träns på hästen.

Idag ska de rida i skogen. Vi föräldrar stannar i ridskolans klubblokal och pratar medan barnen är ute och rider.

19.21

Nu har vi kommit hem. Dags för dottern att duscha. Själv startar jag TV och kaffebryggare.

Skönt att ta kväll på riktigt, sjunka ner i TV-soffan och slappna av för första gången idag.

19.59

Nu ska vi tydligen se "Idol" på TV4. Igen. Denna evigt återkommande följetong med okända människor som försöker bli kända genom att sjunga.

21.17

Nä. Nu är jag för trött för att orka vara vaken mer, ska ta och borsta tänderna och sedan krypa ner i en renbäddad säng för att sova.

Jag hade tänkt se "Fuskbyggarna" på TV4, men jag orkar inte se klart det.

God natt.

Onsdag 20 september 2017

04.45

Vaknade tidigt, redan omkring 04:15, så jag har redan ätit frukost. Havregrynsgröt och knäckebröd med leverpastej. Skönt att vara klar i riktigt god tid för en gångs skull.

05.32

Framme på jobbet. Några minuter tidigare än igår.

15.34

Nu har jag äntligen jobbat klart för idag och ska börja åka hemåt.

Skönt, jag är riktigt trött och sliten idag.

Men först en tur till apoteket.

16.44

Middagsdags. Potatis och pölsa blir det idag. Serveras självklart med rödbetor.

18.22

Kvällskaffedags. Och tömma diskmaskinen.

19.01

Dags för dagens dusch. Men först vill dottern möta mig i en omgång i sällskapsspelet "Memory".

19.29

Vi spelade "Memory" två gånger och vann varsin gång. Känns ganska rättvist.

Nu dags för en lång och varm dusch.

20.03

Vafan! Är det "Idol" på TV4 ikväll också??! Jösses, tur att de snart ska sända det enbart på fredagar. Börjar bli lite väl mycket av "Idol" just nu...

22.42

Dags att sova. Det blev på tok för sent ikväll. Jag ska ju kliva upp och äta frukost om mindre än sex timmar. Måtte jag orka kliva upp...

Torsdag 21 september 2017

04.40

Jag hade ruskigt ont i ryggen när jag vaknade för en stund sedan. Men det blir att jobba idag ändå. Det är dumt att låta bli, det kostar för mycket att stanna hemma.

Normalt har jag rätt hög smärttröskel, men idag fick jag ställa mig på alla fyra och krypa baklänges ur sängen. Antar att det såg rätt roligt ut.

05.46

Just kommit till jobbet. Dags att byta om och stämpla in, samt fylla på vattenflaskan.

08.48

Kafferast. Sitter och nästan gråter av smärta. Nu gör ryggen mer ont än någonsin tidigare. Men jag biter ihop. Det blir inte bättre av att gnälla. Behöver kanske en kiropraktor. Eller en bödel.

14.46

Jag har nu avslutat arbetsdagen för idag. Skönt att få pausa det fysiska arbetet, nu när jag har så ont.

Nu blir det att hämta dottern och åka till Willys för att handla hem lite mjölk, filmjölk, bröd, smör och pålägg. Allt detta har tagit slut

41

hemma under de senaste två dygnen men vi har klarat oss bra ändå fast vi inte hunnit handla. Mjölken är det viktigaste av alla de sakerna och den tog inte slut förrän i morse.

15.44

Nu har jag hämtat dottern och varit på affären och handlat hem lite mat.

Det blev ungefär det jag skrev förut; Mjölk, filmjölk, bröd, smör och leverpastej. Samt vitkål och morötter till dotterns marsvin.

Hade jag vetat bättre så hade jag köpt havregryn också. Dottern hade gjort chokladbollar till frukost så nu är havregrynen till min frukostgröt nästan slut. Hon passar på när hon är ensam hemma.

Men CHOKLADBOLLAR??!

Till FRUKOST??! Jösses.

15.54

Bäst att börja fixa med middagen. Dottern ska ju och träna gymnastik 18:00-20:00 ikväll så vi måste åka hemifrån omkring 17:30 så vi hinner i tid.

Egentligen borde hon få PROMENERA till träningen även om det tar en timme. Med tanke på den frukost hon fixade till sig...

16.01

CHOKLADBOLLAR TILL FRUKOST?????

What the f-ck!

42

16.49

Middagen är nu avklarad.

Dottern fick potatis och bacon (det var vad jag hade att erbjuda när hon ratade min köttfärssås pga att "den är för stark" - tydligen, hade inget annat hemma som går snabbt att laga till). Själv tog jag potatis och köttfärssås och nu väntar jag på att kaffebryggaren ska bli klar med mitt kaffe. Diskmaskinen är startad och om en halvtimme åker vi mot hennes träning.

17.23

Dags att börja klä sig och sedan rulla mot dotterns träning. Två timmar träning med gymnastikföreningen för henne ikväll, med start 18:00 i en av stans alla gymnastiksalar. Erfarenheten säger mig att hon kommer vara extremt trött när jag hämtar henne klockan 20:00.

18.02

Har just skjutsat dottern till träning och släppt av henne. Nu gäller det att lyckas fördriva tiden fram till 20:00 då jag ska hämta henne igen.

18.59

Jag har långtråkigt. En timme kvar!

20.43

Äntligen hemma!

När dottern var klar med gymnastikträningen och vi kom ut till bilen vid gymnastiksalen hördes en flickröst ropa på dottern.

Det var hennes bästa kompis som bor i villan närmast den skolan som gymnastiksalen ligger bredvid.

Så vi fastnade där en stund då de bestämde sig för att hoppa lite studsmatta medan de pratade och planerade helgen då de ska höras av igen.

20.54

Kvällskaffet är klart och dottern har duschat. Nu ska hon bara ta lite kvällsmat innan hon lägger sig för att sova. Man måste ha lite i magen efter en två timmar lång träning.

Jag måste också försöka sova tidigt ikväll. Jag är extremt trött idag.

22.43

Har laddat dotterns telefon och ställt väckningsalarmet på den och lagt in den i hennes rum. Även höjt volymen på den så jag kan ringa henne tio minuter efter ställd tid och kolla att hon vaknat. Jag åker nämligen till jobbet två timmar innan hon ska kliva upp och göra sig i ordning för skolan.

Har även borstat tänderna och gjort alla de andra vanliga kvällsrutinerna.

Så nu är jag klar för natten och det är därmed dags att sova. God natt!

Fredag 22 september

04.48

Efter några snoozningar på alarmet för väckning är jag till slut uppe.
Jag har precis matat dotterns marsvin och brer nu en skiva
Skogaholms-limpa med smör och leverpastej medan jag väntar på
att min havregrynsgröt ska bli klar i mikrovågsugnen.

05.49

Framme på jobbet. Tar en kopp automatkaffe, trots att min mage
inte gillar det, medan jag väntar på att stämpla in klockan 06:00.

08.46

Kafferast. Men nu väljer jag bort kaffet och dricker bara vatten.

12.12

Lunchrasten är nästan slut. Startar jobbet 12:15 och ångar på fram
tills jag slutar 14:45.

15:32

Nu har jag precis kommit hem efter denna fredags arbetspass.
Äntligen fredag!

Om det inte vore för den lilla detaljen att jag ska jobba ett övertidspass imorgon. Tredje lördagen i rad som jag går in och jobbar extra. Men som sagt, det är snart jul...

Dottern har åkt ut till farfar och extrafarmor medan jag är kvar i stan pga jobbet.

16.39

Då var middagen avklarad, och som vanligt blev det slarvmat när jag är ensam hemma. Några skivor limpa med köttfärssås av älgfärs och lite knaperstekt bacon som pålägg.

Nu väntar jag bara på att orka starta en kanna kaffe i kaffebryggaren. Är väldigt trött och sliten efter fem heldagar på jobbet i kombination med vetskapen om att det är en dag kvar att jobba innan veckans enda lediga dag, för tredje veckan i rad.

17.04

Tänkte ta mig en uppiggande promenad efter att varit inomhus på jobbet hela dagen. Men jag insåg att vädret blivit sämre och det har börjat regna sedan jag kom hem.

Jag struntar i promenaden och brygger mig några koppar kaffe istället.

19.19

Råkade somna i TV-soffan, så kaffet jag bryggde tidigare hann kallna.

Nu har jag i alla fall värmt kaffet igen och startat TV:n. Jag ska se "Postkodmiljonären" på TV4, därefter "Doobidoo" och "Skavlan" på SVT1.

Ensamt fredagsmys. Men det fungerar.

19.59

Nu har jag kollat programmet för bokmässan i Göteborg nästa helg. Tidigare var jag osäker på om vi ska åka på lördag eller söndag. Nu lutar det mest åt att vi åker på söndagen. Det är den bästa dagen för det som mest kan intressera dottern.

20.51

Börjar redan bli trött. Och "Doobidoo" har inte slutat än och "Skavlan" har inte börjat än. Orkar nog inte se de program jag tänkt innan jag somnar i TV-soffan.

Det är kanske lika bra att jag borstar tänderna, gör mig klar för natten och bäddar ner mig i sängen.

Trots allt så börjar jag arbeta 07:00 imorgon och måste således kliva upp kring 05:30 för att hinna snoooza två gånger och äta min havregrynsgröt till frukost innan jag åker mot jobbet...

Lördag 23 september 2017

06.03

God morgon!

Idag skulle jag kliva upp 05:30. Egentligen. Men jag var riktigt trött nu på morgonen, så det blev att snooza ett antal gånger mer än de vanliga två, snarare fyra eller fem, så nu är det lite smått brådis.
Lite snabb frukost och sedan åka mot jobbet.

09.01

Kafferast.

12.15

Lunchrast.

17.14

Kom hem från jobbet efter dagens övertidspass för ungefär en timme sedan.

Just nu funderar jag på vad jag ska ha för middag samtidigt som jag ser ishockey på TV4, shl-matchen mellan HV71 och Linköping. Det är fem minuter kvar av matchen och Linköping leder med två mål mot noll.

17.58

Det slarvades som vanligt med maten bara för att jag är ensam hemma. Till middag blev det tre skivor limpa med smörstekta kantareller. Och en stor kopp kaffe.

18.33

Nu har jag städat buren åt dotterns marsvin.

19.29

Dags att se "Postkodmiljonären" på TV4.

20.02

Nu ser jag "Klassfesten" på TV4. Deltagare ikväll är Marie Serneholt och den före detta höjdhopparen Stefan Holm. Mer kaffe. Och lite salta jordnötter till det.

20.20

Åh, så less jag är på reklampauserna i TV4. Enda fördelen jag ser med dem är att man hinner gå på toa och kissa och sedan tillbaka till TV-soffan igen utan att missa något av det program man tittar på.

20.44

Jag känner mig trött. Extremt trött. Så det blir antagligen att försöka sova tidigt ikväll, utan att ställa någon väckarklocka till imorgon bitti.

Imorgon har jag inte så många måsten att utföra. Bara att dammsuga lägenheten ett varv och så har jag tvättstugan bokad från 15:00 till 19:00.

21.11

Nä. Nu ska jag packa ihop för natten, borsta tänderna och krypa ner under täcket för att sova. God natt.

Söndag 24 september 2017

07.31

Jag är redan vaken, trots att det är söndag morgon och trots att jag aldrig ställde någon väckarklocka att ringa. Det är nog dels för att jag lade mig tidigt för att sova igår kväll och dels för att kroppen vant sig vid att vakna betydligt tidigare än så här på grund av jobbet. Men lika bra är väl det, eftersom dottern ska komma hem från farfar och extrafarmor redan nu på morgonen. Hon kommer nog om en liten stund.

08.14

Nu är dottern hemma! Tyvärr blir det antagligen inte så länge.

Hon och hennes kompis har kommit överens om att kompisen ska ringa klockan 10:00, känner jag dem rätt så vill dottern åka dit, till kompisen, strax efter att de pratat. Det brukar bli så.

09.04

Nu har vi ätit frukost och dottern står i duschen.

09.43

Min tur att duscha! Det känns alltid skönt att starta en ledig dag med en dusch.

10.04

Dotterns kompis ringde medan jag duschade. Jag hade rätt. Bara att klä sig och skjutsa henne dit. Ska hämta henne kring 15:30.

11.07

Nu har jag just kommit hem igen. Passade på att dumpa lite sorterat skräp (pappersförpackningar och plastförpackningar) på återvinningsstationen när jag ändå var ute och åkte.

Det skadar aldrig att göra en god gärning för miljön. Om alla gjorde vad de kunde så skulle det nog bli bra.

Men med tanke på hur kall sommar vi haft, så kanske vi redan gjort för mycket...vart tog den där växthuseffekten vägen?

Nu blir det kaffe. Sedan ska jag börja förbereda dagens middag.

12.02

Det där med Candy Crush - det är väl ett jävligt onödigt spel som är alldeles för enkelt att fastna i och slösa tid på?

Nu har det gått en timme igen som jag borde ha ägnat åt något vettigare...

12.48

Dags att påbörja matlagningen så att det är klart innan 15:00 då jag ska påbörja tvättstugan som jag har bokad 15:00 och 19:00 idag. Då behöver vi bara värma maten i mikrovågsugnen sedan, mellan vändorna till tvättmaskinerna. Kan vara svårt att hinna tillaga maten däremellan så det underlättar om det redan är gjort.

Dagens middag blir potatis och köttfärsbiffar gjorda av älgfärs. Gott som tusan brukar det bli.

13.21

Nu puttrar det fint i stekpannorna. Passar på att se gårdagens avsnitt av "Robins" på SVT1 via deras play-funktion, SVTplay, medan biffarna gör sig klara på egen hand.

14.43

Maten är klar och jag har precis sorterat tvätten inför det faktum att jag ska promenera ner till tvättstugan om drygt en kvart och starta två maskiner med smutstvätt.

Sedan blir det att gå direkt till bilen, åka och hämta hem dottern från hennes kompis, när vi kommer tillbaka blir det mest troligt att gå raka vägen till tvättstugan igen för att skifta maskiner (det som tvättats ska in i torktumlare och torkskåp och två tvättmaskiner med mer smutstvätt ska startas.

Tredje sexdagarsveckan på jobbet medför ingen rast och ingen vila. Arbetsdagar orkar jag inte göra så mycket här hemma, och då måste ALLT göras på den enda lediga dagen istället. Men så är det, livet.

15.47

Skulle hämta hem dottern klockan 15:30 mellan vändorna ner till tvättstugan. Så jag åkte till sporthallen där hon och kompisen skulle befinna sig den tiden.

Jag kom fram 15:18, fick lite parkering i fem minuter, det var fullt nästan överallt men till slut hittade jag en plats fem minuters promenad från sporthallen. Jag parkerade, klev ur bilen och började gå.

Jag hann ungefär halvvägs innan telefonen ringde klockan 15:27.

Det var dottern. "Jag vill stanna här en stund till, till klockan 18:00".

Blev ett lite upprört samtal då jag förklarade att jag stressat från tvättstugan för att hinna till 15:30, kört hela vägen in till stan, letat parkering till förbannelse, inte har tid att hämta senare pga tvättstuga och att jag ska hinna koka potatis till våra köttfärsbiffar.

Det slutade med att hon blev kvar och att vi får lösa hemfärden på annat vis.

17.26

Potatisen är färdigkokt och jag har ätit min portion mat samt sparat en portion till dottern att äta.

Jag har även tvättat all vår smutstvätt nere i tvättstugan och allt hänger nu i torkskåp eller ligger i torktumlaren. Det som återstår är att hämta in den rena och förhoppningsvis torra tvätten och det måste göras innan 19:00 då min bokade tid i tvättstugan tar slut.

Så nu har jag tid att hämta hem dottern. Tyvärr svarar hon inte på sin mobil nu. Jag har försökt ringa fyra gånger de senaste tjugo minuterna. Får väl ta en biltur ner till sporthallen igen och hålla tummarna att de är kvar där.

17.59

Jag kom till sporthallen precis när de var på väg att lämna för att åka hem till kompisen.

"Vad gör du här??" vrålade dottern argt mot mig.

Sedan förklarade hon att hon inte ville hem än och jag förklarade att vi måste hem innan 19:00 så jag hinner tömma tvättstugan innan den bokade tiden går ut... sedan sade hon argt att hon MÅSTE hem till kompisen eftersom hon har kvar kläder där eftersom hon lånat andra kläder av kompisen.

Jag såg klart och tydligt att kläderna hon hade på sig inte var hennes. Så vi kom överens om att jag hämtar henne 19:10, men inte en minut senare. Samtidigt sade jag till henne att om det blir krångel då, då är det tredje gången gillt, och då får hon PROMENERA hem. När hon då sade "man får inte hota barn" kontrade jag med att "det är inget hot, det är ett löfte" så skrattade hon och höll med om att det faktiskt är en viss skillnad.

18.56

Nu har jag varit hem och hämtat in tvätten från tvättstugan, samt gjort en matlåda till jobbet imorgon och resten av maten satte jag i separata lådor i kylskåpet - potatis i en och köttfärsbiffar i en annan. Vi får lov att äta av det imorgon och sedan sätta resten i frysen. Nu ska jag göra ett tredje försök att hämta hem dottern. Det återstår att se om mitt löfte till henne blir verklighet.

19.28

Japp. Den här gången följde dottern med hem. Dags att börja med kvällsrutinerna direkt.

Fil och grönsaker till kvällsmat, mata marsvinen och ge dem nytt vatten, tvätta av sig och borsta tänderna osv. Sedan lägger hon sig strax innan 21:00.

För egen del blir det att se en del på TV. Först "Parlamentet" på TV4 och sedan en "Beck"-film som jag inte sett tidigare, på samma kanal. Egentligen går den för sent för att jag ska kunna se den med tanke på att jag ska kliva upp 04:30 imorgon, men det får gå ändå eftersom jag älskar "Beck"-filmerna.

21.32

Just nu mitt i "Beck"-filmen. Jag börjar bli rätt trött, så jag får se ifall jag orkar se hela.

21.52

Nu är det dags för tandborstning och sedan krypa ner under täcket för att sova.

Måndag 25 september 2017

04.35

Pigg och alert. Uppe med tuppen. Dags att fixa frukost, som vanligt havregrynsgröt. Sedan rullar jag mot jobbet.

09.12

Första kafferasten. Gott med lite paus. Hjärnan är snart fullproppad, får lära mig en hel del nya saker i datasystemet på jobbet nu, riktig korvstoppning.

12.16

Lunchrast. Gott med köttfärsbiffarna som jag tillagade hemma igår.

15.33

Stämplar ut för idag. Det blev 45 minuter övertid idag. Bra. Det är snart jul, så pengarna behövs.

Nu ska jag hämta dottern och sedan ska vi åka till Willys och handla. Lönen kom ju idag.

17.30

Bjöd dottern på sushirestaurangen inne i stan till middag innan vi åkte till Willys. Hon älskar sushi, själv avstår jag från det, så jag tog en grillad korv i bröd istället.

På Willys handlade vi mjölk, fil, bröd, gurka, toapapper, tvättmedel, tandkräm, schampo, flytande tvål, en burk fiskbullar och en burk pölsa. Men jag glömde det viktigaste. Smörgåspålägg och smör.

18.37

Nu har jag precis förhört dottern på hennes läxor, så nu ska vi ta en promenad till kvarterslokalen där Hyresgästföreningen har öppet hus med kaffe.

19.56

Nu är vi hemma igen. Det blev som sagt en promenad till kvarterslokalen för en kopp kaffe.

Sedan gick vi till Tempo-butiken på området och köpte några saker som vi glömde när vi handlade på Willys tidigare idag. Bland annat smörgåspålägg, smör och knäckebröd. Samt jordgubbssylt, en sådan där refilltub.

20.19

Nu är dotterns marsvin matade. Hon matar dem själv, efter en del tjat. Jag vet inte hur många gånger jag behövt påminna om att hon själv måste ta ansvar för sina djur. Det är inte mitt ansvar att ta hand om dem. Mitt ansvar sträcker sig till att se till att hon tar eget ansvar. Nåväl, nu är det i alla fall gjort.

Just nu borstar hon tänderna. Vi har bägge två bestämt oss för att sova tidigt ikväll.

20.48

Dottern har lagt sig för att sova. Själv sitter jag och ser "Kalla fakta" på TV4 tillsammans med en kopp kaffe.

Jag ska också göra mig klar för natten om en stund, borsta tänderna, lägga fram arbetskläder till imorgon osv.

22.18

Åter igen har det blivit alldeles för sent, med tanke på att jag börjar jobba klockan 06:00 och ska kliva upp runt 04:30-snåret. Det blir knappt sex timmars sömn.

Men nu är det i alla fall dags att krypa ner i bingen för att sova. God natt.

Tisdag 26 september 2017

04.43

Uppe innan tuppen, som vanligt.

Dags för mig att äta frukost och bege mig mot jobbet.

08.48

Kafferast.

Jag känner mig alldeles mör i huvudet. Håller på att lära mig fler funktioner i datasystemet på jobbet, skitsvårt att hålla reda på i vilken ordning man ska göra saker i datorn, beroende på vad man ska göra, och att dessutom komma ihåg i vilken ordning man absolut INTE får göra saker....

12.14

Nästan slut på lunchrasten. Dags att fortsätta träna på datasystemet.

14.59

Slutade jobba för ungefär en kvart sedan.

Nu är jag och tankar bilen. Sedan blir det att skynda sig hem, laga mat till mig och dottern, äta, fylla och starta diskmaskinen och byta om.

Innan klockan 17:00 ska vi nämligen sätta oss i bilen och åka mot stallet i grannkommunen där dottern har ridlektion varje tisdag.

16.15

Nu har vi ätit och diskmaskinen är startad. Återstår bara att byta till kläder lämpliga för stallet.

Vad vi åt? Jag och potatis och köttfärsbiffar. Dottern åt potatis och kokt älgkött.

16.55

Dags att rulla iväg till hästarna i stallet. Eller "restaurangens råvarulager", som jag brukar kalla det, tyvärr tycker inte dottern att det skämtet är så värst kul. Konstigt.

17.33

Framme i stallet. Dottern har fått på sig ridhjälmen och ridvästen, just nu håller hon på att rykta hästen och kratsar hovarna och snart ska tränset på. Sedan är allt klart för ridning.

18.04

Nu rider dottern. Idag rider de barbacka på ridlektionen. Skoj.

19.46

Nu har vi precis kommit hem. På hemvägen stannade vi på Coop Forum och handlade lite varor som är på extrapris denna vecka. Man får passa på när man ändå har vägarna förbi.

Bland annat tre paket kaffe för 69:-, ett "pizzakit" för 10:- och en hushållsost på 1,1 kg för bara 22:-. Billigt och bra!

20.08

En kopp kaffe och programmet "Hela Sverige bakar" bakar.

Tisdagsmys.

Dottern sitter och knaprar på en bit paprika och en bit gurka.

21.28

Jag borde ha lagt mig redan med tanke på att jag ska kliva upp klockan 04:30 och börja arbeta klockan 06:00.

Men som vanligt är det alldeles för enkelt att fastna i TV-soffan framför något TV-program.

Just nu: "Fuskbyggarna" på TV4 med arga snickaren och Martin Timell.

22.03

Nu är det sovdags! Äntligen. Ska bara borsta tänderna innan jag kryper ner under täcket.

Väckarklockan ställd, marsvinen matade. Så nu kan jag sova gott i cirka sex timmar.

Onsdag 27 september 2017

04.32

God morgon.

Uppe före tuppen som vanligt. Dags för frukost och sedan åka till jobbet.

Frukosten blir havregrynsgröt och en ostmacka eller två. Som vanligt.

05.46

Framme på jobbet. Med en gnisslande och skrikande bil. Bromsen har låst sig på höger bakhjul så bromsbeläggen skrapar emot. Gissa om folk glor när jag kommer åkande...

08.58

Första kafferasten avklarad. Dags att göra skäl för lönen...

11.37

Lunchrast. Sedan onsdagsmöte här på jobbet innan vi börjar arbeta igen.

15.32

Efter 45 minuter övertid är det dags att åka hem, äta med dottern och sedan åka ut på kusten och klippa farsans gräsmatta eftersom den behöver klippas och han är bortrest denna veckan.

17.35

Gräsmattan är klippt. Tur att farsan har åkgräsklippare, det går både lätt och snabbt att klippa hela hans stora gräsmatta.

Om en stund är det dags att packa in sig i bilen och åka hem till stan igen.

20.01

Är hemma sedan en stund tillbaka. Dags för kaffe och TV.

22.14

Ser "Nyheterna" på TV4. Snart dags att sova så jag orkar upp klockan 04:30 igen. God natt.

23.01

Jag har svårt att somna ikväll, trots att jag är hur trött som helst. Riktigt svårt. Jag ligger bara och vrider och vänder på mig.

Funderar på att ta fram en bra bok att läsa.

På tal om att läsa ska jag och dottern till Bokmässan i Göteborg på söndag, men det kanske jag redan har nämnt. Minnet sviker när man passerat 40, haha.

Torsdag 28 september 2017

04.44

Jag är riktigt trött nu på morgontimmarna. Mest troligt för att jag hade svårt att somna igår kväll. Ikväll går det kanske bättre. Nu dags för frukost och sedan avfärd mot jobbet.

05.12

Frukosten är avklarad. Idag blev det filmjölk med havregryn och några russin istället för sylt.
Dags att åka!

05.47

Inne på jobbet. Instämpling om 13 minuter.

07.23

Jag ringde precis och kollade att dottern vaknat. Ställer väckarklockan till henne varje morgon på 07:20, men ringer oftast några minuter efteråt och kollar att hon verkligen vaknat så hon inte kommer för sent till skolan. Grannen tittar också till henne en gång, men inte förrän klockan närmar sig åtta.

08.46

Kafferast.

11.47

Lunchrast.

14.49

Dags att åka hem från jobbet. Har precis stämplat ut. Måste förbi djuraffären och köpa halm till dotterns marsvin på vägen hem.

15.18

Jag har just kommit ut från butiken Granngården där jag köpte halm till marsvinen. Hela 139:- fattigare. Men det räcker trots allt två månader, så det får väl vara värt det priset.

16.03

Nu ska jag fixa dagens middag.

Dottern ska äta potatis och fiskpinnar. Själv ska jag ha köttsoppa, det är rester från igår och dottern ville inte ha soppa två dagar i rad, kan förstå henne.

17.08

Snart ska jag skjutsa dottern till hennes två timmar långa träning med stadens gymnastikförening. Men måste passa på att ta en lång och varm dusch först, och tvätta av mig lite jobbdamm.

17.58

Nu har jag lämnat dottern vid gymnastiksalen i en skola 15 minuters bilfärd hemifrån.

Det återstår att se vad jag hittat på för tidsfördriv fram till klockan 20:00 då jag ska hämta henne igen. Kanske åka till en kafeteria och ta mig en kopp kaffe och en liten kaka. Det är inte så ofta jag gör det, så det kan jag nog med gott samvete unna mig.

19.11

Det blev en liten fika på ett konditori inne i stan. Kaffe och kaka. Sedan åkte jag till Willys och handlade lite. Limpa, morötter, vitlöksbaguetter och salta jordnötter.

19.59

Dags att hämta dottern från gymnastikträningen i gymnastiksalen där de håller till.

20.07

På väg till bilen ropade dotterns på dottern, precis som häromveckan. Kompisen bor på andra sidan gatan sett från gymnastiksalen.

Nu hoppar de studsmatta. Låter dem hållas en liten stund.

20.31

Äntligen hemma. Dottern duschar och jag brygger kaffe. Vår TV står på TV4 som visar "Bytt är bytt".

21.12

Nu har dottern lagt sig för att sova och jag ska göra detsamma om en liten stund.

21.47

Sovdags.

Med tänderna borstade, och arbetskläderna framlagda inför morgonen, kryper jag nu ner under täcket föt att sova.

22.26

Räkningarna!

Precis när jag höll på att somna kom jag på att jsg måste betala räkningarna!

Bara att kliva upp igen och starta datorn!

22.42

Nu är alla räkningar inlagda i internetbanken. Skönt. En månad kvar till nästa gång. Då kan jag göra ett nytt försök med sömnen.

God natt.

Fredag 29 september 2017

04.45

Mindre än sex timmar sömn. Då är man inte riktigt människa när man kliver upp den här tiden. Jösses.

05.56

Dags för instämpling, även idag.

09.11

Kafferast. Fyller på vattenflaskan. Det går åt mycket vätska när man har ett fysiskt hårt arbete.

11.31

Lunchrast. Blir några koppar automatkaffe, trots att magen protesterar mot det ibland.

14.46

Utstämplad från jobbet.

Äntligen fredag! Denna helg blir det ingen övertid på jobbet, nu ska jag vara ledig hela två dagar!

Under helgen ska vi på bokmässan i Göteborg. Mest troligt på söndag. Imorgon har vi dock inga planer, vi får helt enkelt se vad vi hittar på att göra.

15.11

Nu har jag hämtat dottern på fritids. Hon går dit efter skolan, så slipper hon vara ensam hemma så mycket och ofta. Går hon hem efter skolan så blir hon ensam hemma mellan en och två timmar beroende på vad det är för dag.

15.19

Nu är vi på biblioteket. Dottern sprang ihop med några kompisar och ville vara här med dem en liten stund innan vi åker hem, och självklart får hon det. Bibliotek är bra miljö att vara i.

16.47

Äntligen hemma. Och vi är hungriga bägge två. Det får bli något lättlagat till middag, något som går snabbt.

17.21

Nu är vi mätta och belåtna! Det blev Billys panpizza till fredagsmiddag.
Om några timmar börjar fredagsmyset. Ikväll ska vi se på TV, ta det lugnt och bara ha det bra.

18.32

Mjölken var nästan slut hemma, och jag behöver lite till kaffet ikväll och så vill vi ju ha mjölk till frukost imorgon bitti, så nu har vi varit på Willys.

Vi passade samtidigt på att köpa fläskfile som de hade på extrapris. Då är lördagsmiddagen bestämd. Fläskfile och potatisgratäng.

19.27

Strax dags att se "Postkodmiljonären" på TV4 och sedan "Idol" på samma kanal.

Ska starta en kanna kaffe i bryggaren och plocka fram lite fredagsmys till mig och dottern.

20.52

Det där "Idol" var tydligen inte så spännande för dottern. Redan efter trekvart är hon mer inne i sin Ipad än i vad som sker på TV-rutan. Så nu byter jag kanal...

Blir att se "Skavlan" på SVT1. Måste dock ha lite påfyllning i min kaffekopp först.

21.10

När "Skavlan" började så reste sig dottern ut TV-soffan och lämnade vardagsrummet. När hon kom tillbaka efter några minuter hade hon gjort sig klar för natten (borstat tänderna, tvättat sig, tagit på sig nattlinne). Sedan matade vi marsvinen med vitkål, morötter och hö. Nu har hon lagt sig för att sova.

Nu sitter jag plötsligt ensam i TV-soffan, dricker kaffe och tittar på TV. Men jag ska nog också lägga mig relativt tidigt för att sova. Jag har ju trots allt varit vaken sedan klockan 04:30 imorse.

22.23

Nu kryper jag ner under täcket för att sova. Har precis tittat lite på "Nyheterna" på TV4.

Lördag 30 september 2017

04.29

Oj. Vaknade redan nu. En minut ifrån den tid som min väckarklocka brukar ringa på vardagarna. Det är nog kanske för att jag är så van vid att vakna just den här tiden.

Bäst att jag försöker somna om!

07.58

Lyckades somna om i ett par timmar. Men nu är jag vaken igen, och nu är det kanske mer lagom att kliva upp.

Jag ska brygga mig lite kaffe och se lite på TV medan jag väntar på att dottern ska vakna.

09.01

Nu är dottern också vaken. Dags att hjälpas åt att duka fram frukost tillsammans. Det blir nog mysigt att ha frukost tillsammans för en gångs skull. Normalt har jag redan åkt till jobbet när dottern vaknar och de senaste fem veckorna har jag jobbat fyra lördagar, så gemensam frukost är väldigt ovanligt nuförtiden, så det blir kanske extra mysigt bara just därför.

10.02

Frukosten blev jättemysig och vi hade jättemycket att prata om vid matbordet.

Nu ska vi starta datorn och kolla söndagens program för bokmässan i Göteborg eftersom vi mest troligt åker dit imorgon.

10.56

Nu har vi antecknat lite planer för morgondagens besök på bokmässan.

Klockan 10 - författarna till Lasse-Majas detektivbyrå.

Klockan 10-11:30 - Anders Jacobsson och Sören Olsson, författarna till bland annat böckerna om Bert och Sune.

Klockan 11:10-11:20 - Alexander Hermansson, den där killen som först fanns på Youtube och nuförtiden på Barnkanalen (SVT).

Klockan 12-12:15 - Loa Falkman.

Klockan 12:30-12:50 - Tomas Ledin.

Klockan 12-14 - Glenn Hysén.

11.30

Nu funderar vi på vad vi ska göra resten av dagen. Det återstår att se vad vi hittar på.

12.54

Just nu ser jag livesändningar av nyheter från Göteborg där NMR har demonstration idag. Gissningsvis blir det kravaller då även motdemonstranter också samlats. Nazistiska organisationer som NMR borde förbjudas. Åtminstone inte tillåtas att genomföra demonstrationer. Tur att det är mycket poliser på plats i Göteborg. Detta är anledningen till att vi inte åker till bokmässan redan idag.

13.30

Nu är vi på en liten utflykt vid kanalen som flyter genom vår stad. Härligt väder, solsken och blå himmel.

14.12

Nu är vi på väg hem. Ska förbi på ICA och köpa godis efter vägen. Det är ju trots allt lördag.

15.01

Vi är nu hemma igen. Dags att städa marsvinens bur.

15.45

Marsvinens bur är städad och vi har dagens middag på gång. Idag blir det potatisgratäng och fläskfile.

Gratängen är redan i ugnen och fläskfilen har jag skurit i skivor. Just nu väntar jag bara på att stekpannan ska bli tillräckligt het så att jag kan börja steka dessa skivor av fläskfile.

16.44

Nu har vi precis ätit. Mätta och belåtna tar vi kväll, nu ska vi varva ner inför bokmässan i Göteborg imorgon, och med det avslutar jag denna bok.

Om det blir en likadan bok gör oktober återstår att se. Det beror på hur många som läser denna! Och du som läst - TACK!